U0004525

女人啊，就是這麼回事

森下惠美子

菜鳥上班族的
第 2 堂課

EMIKO'S SURVIVAL DAYS

目次

出場人物介紹

公司的前輩們

安代小姐

宿舍的前輩、公司內部情報通,很好的商量對象

有好感

有點怕

依賴

辻先生

有點傻氣,公司裡的人氣偶像。

暗戀

惠美子 (21歲) 主角

基本上個性悲觀,聚會中老是被冷落。

有好感

不想被敵視

同梯

兼差的歐巴桑

有時嚴格得要命,有時超固執,有時卻又完全放任不管...

小惠

有心機、男人緣佳。很懂得討大叔歡心。

祥子

有點傻氣,男人緣佳。大小姐型的人物。

事情的來龍去脈

時間大概是在1995年、呼叫器與手機的市占率大概各占一半的時代，

惠美子一腳踩進了百貨業的世界——

百貨公司是個女性員工居多的職場——

而且我就住在公司提供的員工宿舍

今天辛苦囉

打擾了～

也就是說，從早到晚我都混在女人堆中。

宿舍裡的二三事

第 1 話

第一次參加公司旅遊（上半場）

明天要參加
員工旅遊——

惠美子
卻莫名
鬱卒了起來

員工旅行的話

一定會在
投宿的飯店
辦宴會吧

但我實在
很難融入
公司宴會的氣氛
當中呀——

不安

我也是

那天
我剛好
有事耶
～

而且交情好的
宿舍前輩們
也都不參加——

煩惱歸煩惱，
卻又擔心萬一碰到
好機會的話
（豔遇之類的）

女人心
海底針哪...
（？）

恩
～

她在
積極
什麼個
勁呀

竊竊私語

不知道
會被說成
什麼樣子

穿漂亮
一點
怕被說
太招搖

嗯——
好呢...

要穿什麼
好呢...

剛剛還坐在一起的祥子與小惠大概又逗留在某桌敬酒了吧

又被單獨丟下↓

東張↗↘西望

在…在跳舞!?

哇啊

店長↓

哈哈哈

咳唷

那女的老是搞這套

只要是男的誰都行呢

也…也不全是這樣啦…

還會博得同情呢

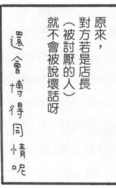

原來,對方若是店長(被討厭的人)就不會被說壞話呀

好可憐真是辛苦她囉

喲──跟店長跳舞呀──

惠美子也去試試看嘛──

阿哈哈

哇哈哈

有什麼關係

那些喝醉酒的老頭真的很煩耶──

呼~

哦,是祥子呀

回來啦

真受不了那些喝醉酒的傢伙——

嗯？

不如乖乖坐在這裡跟妳一起喝酒

妳說得沒錯啊

還有啊那時候——

啊哈哈

小敬馬虎

啊，這女生也是新員工嗎？

嗯，這位是商品部的山岡先生

喔——

因為店長會一直纏著我不放，煩死了

那個人一喝酒就會變成這樣

哦，妳怎麼會在這裡——

呵呵，有有有，有2個，給我一個就好啦～

東張

西望

啊，有沒有開瓶器？

森下～看一下那邊桌上有沒有開瓶器？

那個店長不管走到哪家店都是這副德性

難怪

哈哈哈

哈哈哈

…

再度落單的我——

瞬息萬變的人性（？）

2人都不在座位上了——

等我再度回頭時——

繼續發呆——

⋯

還是回房間好了——

嘿嘿嘿

這場宴會何時才會結束啊——

該不會一整晚吧？

嘩

嘩

啊阿

…

呼—

（3人一間房）

而且
房間鑰匙
在祥子身上！！

僵

我的房間
是幾號呀
…！？

笨本正蛋→

時間是凌晨12點，
員工旅遊之夜
接下來才要
進入高潮—

待續

嗚哇—

呆立—

宿舍裡的二三事

叮咚——

從宿舍走到
上班的百貨公司
約7分鐘

很近
超方便

抱歉抱歉，
等很久了嗎？

不會~
不會

惠美子，
我先走
囉——

今日排休假

叮咚——

她是把這裡當
會客室使用嗎…？

今天忙
死了～
不好意
思耶，
突然來打擾

辛苦了

第 2 話

第一次參加公司旅遊（下半場）

去參加員工旅遊
的惠美子
興高
采烈

無法融入晚宴

落得獨自發呆

原本打算
乾脆先回房間去

卻發現房間鑰匙在
另一人身上，呆女當場

我回房間…

大家要去
店長的房間
續攤

惠美子
也一起來
吧—

宴會結束後
大家隨興
到各房間
串門子

繼續
開 party
或打麻將

呵呵呵
房間玩嗎？
可以去妳們

而且
他們叫我帶
新來的員工
一起去參加

等等…
等等等

我不去
沒關係啦

去嘛去嘛—
人家一個人
不好意思去
啦～

塞滿大叔的房間

嘩

嘩

…

沒錯，
這才是本次
員工旅遊的
高潮戲…

去上廁所——

悄悄

我不太能喝啊

會喝日本酒嗎？

さ——

我酒量沒那麼好耶

呵呵呵

小惠最近對大叔特別感興趣…

雖然很抱歉

但這次我真的辦不到呀

呼——

逃脫衝了

森下，有看到石川經過這裡嗎？

さ，沒看到耶

了…

累死

竊竊私語

小聲

剛才不是還在大廳嗎？

可是——

該不會在松井先生的房間吧？

私語

竊竊

真是…形形色色的狀況都有啊

那麼

竊竊私語

．．．

部長說田原組長與由紀的關係有點曖昧，叫我想辦法破壞他們，妳說我該怎麼辦？

啊，森下

真是形形色色的狀況都有啊

唉——

可是這兩人都是我的上司

牢騷

牢騷

．．．

好艱難的任務啊

部長

喜歡

由紀

有好感

田原組長

唉 幹嘛叫我做這麼麻煩的事啦

又往成人的世界邁進一步

呼——

原來如此呀

在員工旅遊之夜全都浮上檯面了……

平常地下化的辦公室戀情也好，不倫之戀也罷，各種狀況

啊，森下～妳有看到村上嗎？

好像剛才搭電梯到樓下去囉

完全被當成服務台

而且

有人被帶進房間，也有人被帶出房間

好熱鬧呀

啊，討厭～被惠美子發現了～

萬一遇到他和某人兩個一起走出房間

反而惹人厭

怎麼辦呢

雖然很想去找祥子

我可不想碰到這種場面

太糗了

我不是為了
打擾她們
兩人相處——

也完全
不介意——

我只是想
拿回房間鑰匙——

不
是

不
是

對
呀

對
呀

對
呀

但是的確有點不爽
這兩個女人
丟下我不管，
就這麼一走了之

（無家可歸中）

哼

惠美子
在此睡了
一夜——

咕呼——

喂唷，
怎麼睡
在那種
地方

哈哈哈

打瞌睡

好睏…

咦——

累翻了～

昨天
真的很
抱歉

沒關係

嘩

嘩

於是

平安順利地
迎接第二天
早晨

早安——

早——

不過

能看到眾人
不同於平日
在公司裡的形象

其實
還滿有趣的…

是吧？

呵呵呵

這裡有
空位嗎？

那我就
坐這裡吧

不好意思那
讓妳一個人

坐～

沒關係

沒關係

呵呵呵

這次的
員工旅遊
最後還是
以愉快的心情
收場

林下要吃
口香糖
嗎？

喔，
好哇～

緊張

公司裡有
點傻氣
的人氣偶像
辻先生哩

哇～

哈哈哈

阿哈哈

早餐時
曾悄悄展開
一場搶奪飯匙
的大戰…

不可告人的習慣

所謂的職場

各自的班表

028

煩惱

煩惱這種東西

事情
就是
這樣～

我3解

有時
只要找個人傾訴，
心情就舒坦了

開始上班後
離開了老家

學生時代的好友
偶爾會打電話來找我

哇—
好久不見

因此，
與戀愛有關的煩惱

通常不太會去找那些
戀情一帆風順的人傾訴

今天
也要去
約會呢

減肥失敗時
總會打電話
給我的老友

唉，
又得
從頭再來
了—

我3解
我3解

與減肥
有關的煩惱

就不會去找
身材窈窕的人傾訴

肚子
好
餓
喔—

苗條

每次和男友分手
就會打來找我
吐苦水的友人

沒辦法
和他繼續
下去了—

嗯嗯

這些人減肥失敗或
戀情告吹的時候
好像都會特別
想到我…

原來我在
她們心中是
這種形象喔？

人們會下意識地
去尋找

能夠了解
自己心情的人

我怎麼減
都瘦不下去
耶—

我也是
啊—

謠言

減肥

將體重機的刻度多調個一公斤

量體重時穿著比平常厚重的衣服

別…別怕，是因為刻度往前調加上衣服太厚重

害怕量體重時可以利用這一招─

藍色憂鬱

第 3 話

同性的眼光

平時沒什麼交集的野中小姐來找我聊天

可以坐這裡嗎？

和平常一樣的午休時間

ㄟㄟ——森下小姐，聽說妳和小辻交情不錯？

心想她來找我講話實在太稀罕了

原來是要問我這個喔

ㄜ…並沒有特別好啦…我擔待不起啊～

可是員工旅遊時妳們看起來感情還不錯呀？

這就是當時發生的情況
但也算是個美好回憶啦

回到原本的話題
森下小姐覺得
小辻這個人怎樣？
呵呵呵

再怎麼說
辻先生也算是公司裡的偶像人物
不太可能把我放在眼裡

但如果有機會的話，也不是完全不可能交往啦
一點也不懂得謙虛的女人 呵呵呵

這種真心話哪能講啊…

野中小姐一副跟我裝熟的模樣
其實只是為了打探我和辻先生的交情吧
注視——

我在女人圈裡好歹也打滾了一陣子
多少也學了一點東西
嘿嘿——

嗯—
沒什麼特別
的想法耶

這種回答
雖然馬上就能
平息風波

但萬一傳進
辻先生耳裡

她是這樣
說的呀～

喔，沒什
麼特別的
想法嗎？

萬一發生
這種情況

嗚…
那不是
真心話啦

不就可惜了…

我覺得
他還不錯～

這樣回答
的話

跟你說哦，
森下小
姐說她
喜歡你那
感覺如何
～呵？

呵呵呵

傷腦筋

這話萬一
傳出去
怎麼辦

反而給辻先生
造成困擾～
會被討厭的啦～

へ？

也就是說，
這兩種回答
都行不通？

多少學了
一點東西

卻遲遲無法
給出正確答案
的惠美子

喂喂，到底
怎麼樣啦？

さ—へ—

愛碎念的前輩相對也很容易猜透她們的心思，不難應付

倒是要多提防那些一臉和善地找妳聊天、背地裡卻會說人壞話的前輩

第 4 話

惠美子的戀情

可是今天是
全體員工
朝會日

可以見到
辻先生耶

嗚
真不想去
上班

打從員工旅遊
之後——

哈哈

呵呵

呵呵呵

擦口紅

匆匆忙忙

嗡——

啦
啦
啦
~

惠美子的心
已經完完全全
被辻先生擄走了

大家
早—

呵
呵
呵

為我長久以來
毫無男人緣的生活
帶來了滋潤哪

一想到上班時
能見到辻先生
精神就來了

早
安

早
呀

有喜歡的人
真好啊

一大早就這麼
有精神，
發生什麼
好事啦？

呵
呵
呵

早呀—
喲～
今天怎麼穿得
這麼漂亮，
要去約會呀？

黑
黑
黑

不過這些人
應該只是
禮貌性地說說
而已啦…

和老爸一樣

今天的妝

很可愛
唷～

哈哈哈

被…
被看穿了……

然後
呀—

呵
呵
呵

討厭啦～

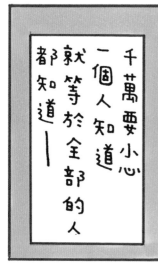

千萬要小心
一個人知道
就等於全部的人
都知道──

好奇眼光

八卦題材

啊──呀真的

嗯

呀真的

啊啊啊

年輕真好

但萬一
被大家知道
我暗戀
辻先生……

畢竟
辻先生
是全公司
的偶像

哇──

哇──

雖然只能
遠遠地
看著他

盯──

小鹿亂撞

對我來說
已經足夠

萬一
被人家
知道的話……

嘿嘿嘿

要不要
我去
問問
對嗎妳
他有沒有
女朋友
啊?

妳知道嗎?
○○小姐
也在暗戀
小辻唷～

大家應該
都不是
惡意的
…吧

又到了這個時節囉——

我說——森下會去參加嗎～？

迎新送舊會嗎

很不擅長這種場合耶…

但這次因為有喜歡的人所以會參加——

怦然的少女心♥羞♥

要穿什麼去呢——

雖然還是只能遠遠看著他

但我們平常排班時間不一樣，工作的賣場也不同

要見面（碰面）的機會實在少之又少

光是看著他就能吃下三碗飯呢

bar

喔，在那裡呀

我的雙眼不由得開始搜尋起辻先生——

東張西望

當天——

嘩 嘩

沒多久，對辻先生有好感的大姊們也陸續登場了

你在這裡呀～也過去我們那邊坐坐嘛～

辻先生身旁的位置早就被那群交情好的女孩們（同梯·同賣場）佔滿了

小辻，我問你唷～

辻先生只好以尿遁逃離現場

接下來，喜歡辻先生的歐巴桑們也圍過來要幫他斟酒

喝一杯吧～？

嘩 嘩

喔──有幾名女子趁這個空檔也展開行動了!

起身

起身

雖然我只是盯著辻先生看,卻連他周遭女子們的動向也都盡收眼底

嗨

一別揮棒落空的模樣「嗯」地回座位

啊,回來了

單戀中的惠美子似乎有點

退燒了…

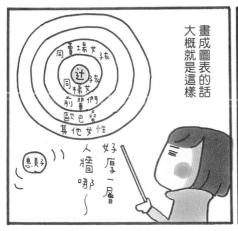

畫成圖表的話大概就是這樣

辻

同學女孩

富場女孩

同梯女孩

前輩們

歐巴桑

其他女性

好厚一層人牆哪～

惠美子

第5話

耶誕樹與我

今年，眼看耶誕節就要來臨，心裡卻有點鬱卒

工作很忙也沒有什麼讓人開心的約會

卻得待在充滿歡樂的環境中工作…

我似乎開始有點討厭起耶誕節了

每到這個時期惠美子就會被派去負責裝飾2樓的耶誕樹＆澆水

←活樹

可以拿來裝飾的東西只剩下這些……

真的很不景氣呀…

大型百貨公司也許可以這麼做但妳也知道現在不景氣我們也不斷地在縮減經費中

我認為百貨公司應該請專人來裝飾耶誕樹才對呀

我的美感難道有問題嗎

…

雖然我只是兼差卻忙得要命呢——呵

真羨慕妳——

好好喔，可以去和男友約會～

是喔——正職員工可以休耶誕節呀？

森下小姐，您耶誕節休假對吧

嗯——是啊，剛好遇到公休日

從耶誕節到過年期間特別忙

大家都卯起了精神

唉～好忙喔

呼—忙死了

我整天忙來忙去

東奔西走

又不是我自己要休假的

這股不妙的氣氛是？

匍匐馬

超遲鈍的傢伙 ↓

唉……真希望耶誕節快點結束

耶誕節前一個月起整天都浸淫在耶誕氣氛中，每天都聽著耶誕歌曲，煩死了

我每天都有
幫它澆水呀

而且
所處的環境
和其他樹都一樣

聽說寵物
會長得跟
主人越來越像

敬馬

戶斤措

不知

難道是

無男友老想著耶
誕節小快點結束

有男友
超期待耶誕節

已經訂婚
超喜歡耶誕節

衝

嗯

我越是詛咒耶誕節，
這棵耶誕樹
就會越來越枯萎!?

枯萎

對於大家的好意
真不知道
該歡喜
還是難過

我像個
沒辦法把工作
做好的人嗎？

因為怕樹枯死
所以都紛紛
跑來幫忙澆水

對吧她澆個水吧

也就是說，其他樓層
以為
「森下好像忘了澆水」的人

原來
是
因為大家都
去澆水啦

水太多了啦

好像是樹那棵好像澆

因為大家都跑來幫忙澆水的關係

振作

嗯

這樣下去
不是辦法

這樣一來
就能洗刷
汙名了吧

呼—
工作時若也
這麼努力
就好了…

只是，
從此以後每逢耶誕節

惠美子就會被冠上
「把耶誕樹弄枯萎的女人」
的頭銜

只要一聽到
耶誕歌曲，
心情就
溫到谷底

接下來
又要進入
最忙碌的
時期了

唉
…

是呀…

叮叮噹～
叮叮噹

唉啊——

耶誕節前夕

第 6 話

一進入年終的耶誕時節

百貨公司也正準備迎接一整年最忙碌的高峰——

哦，這雙又不錯

大小可以嗎？

呵呵

哈哈

呵呵

謝謝惠顧～

謝謝你

不客氣

就買這雙吧～

可以嗎～有點超出預算耶

唉——

好想有個男朋友

超危險

剛才那句話不會被東張西望
聽到吧⋯

敬馬

唉——好想有個男朋友喔

發呆

甚至還會無意識地從嘴巴蹦了出來呢

這陣子滿腦子都只想著
我要男朋友——
我要男朋友——

12月24日是星期五

但耶誕節當天有排公休的人是可以休假不上班的——

星期五公休

這樣的耶誕節⋯

原以為是

耶誕節那天應該又是要上班吧

突然有種占著茅坑不拉屎的感覺⋯

就算排早班也好啊

耶誕夜應該沒辦法休假吧~

唉~

惠美子的耶誕夜剛好輪休~

學生時代 每到耶誕節前夕

耶誕節的時候

去這裡吧？

我要

耶誕節要怎麼過呀～？

大家的心情也跟著高亢，七嘴八舌討論著要怎麼慶祝

一旦進入社會 而且是百貨業

大家都忙得團團轉 根本沒有心情想這些

可是這麼一來

剛…剛才那句話 不會被聽到吧

東張 西望

唉—— 好想有個男朋友喔

敬馬

看來今年也沒啥特別計畫了吧

也沒有人互約耶誕節時要怎麼慶祝—

嗯～

急忙

難得天氣好 來曬棉被吧

天氣 真好啊～

到了平安夜當天

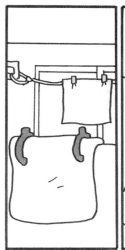

但說不定也會有人以為是「晚上男友要來，所以卯起來打掃」呢

等等，耶誕節前夕曬棉被，不就擺明了自己沒人約？！

電視機傳來的笑聲同樣如萬箭穿心

是哪個房間哪

遠處傳來的笑聲有如萬箭穿心

把音量轉大一點！

啊哈哈哈哈⋯⋯

哇——

三番⋯⋯歡樂↓

打個電話問問看好了——

前輩們應該已經下班回來了吧

那個人是搶手貨⋯⋯

一定有人約啦~

辻先生今天雖然要上班但想必他晚上也有約了吧

嗯嗯

自言自語

前輩的狀況

耶誕節嗎？
應該是要上
班吧…不過叫
大家一起來開
個party也不錯

さ～
但又怕萬一
到時候有人
來約，還是暫
時先別寫進行
程表吧～

到了
當天——

歡樂本氣氛
哈哈哈

咦——

…

沒其他邀約

嗯…
我想，既然是耶誕節，
那就把那些
沒事做的人
都找來好了——

反正——
至少
森下一定
有空吧

基本班底：

耶誕夜——
就這樣靜靜
等著有人來約

沒想到妙齡女子
竟然出乎意料的多…

晚安～

打擾
了～

嘩

嘩

但如今
能和
公司同事
這樣一起
度過耶誕節

感覺
也滿好的～

記得
剛進公司時，
覺得
百貨公司裡
幾乎都是女人
挺可怕的

唔
～嗯

華

華

唉—
好想有個
男朋友喔

東倒西歪～～

呼
～

咕
～

要穿什麼好

公司裡的活動還滿多的

賞花

歡欣會送佳

保齡球大賽

會烤肉

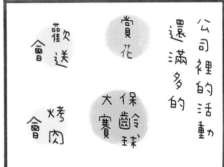

每次活動都很令人傷腦筋，不知該穿什麼服裝去參加

唔～偶爾也穿黑有女人味的…

穿成那樣不冷嗎？

胸口也太露了吧

暗戀對象的臉孔也漸漸浮現腦海

今天…感覺很不一樣我

嘿嘿嘿哦

結果只好選擇安全牌——

美夢也消失了…

第7話

友情也不過如此

今天和安代小姐一起去購物

想挑些衣服穿去參加同宿舍的廣瀬小姐的婚禮

住惠、美子隔壁房間的前輩

哇 她男友來了吧

啦 討厭

啊，這件如何～？

哈哈哈 銀色的洋裝

可是——這顏色在燈光下看起來會像白色的，有點危險耶～

這樣啊～

穿去參加婚禮的服裝款式也得注重禮節，真是疏忽不得呀

黑色連身洋裝應該是不行吧

喔——也不是絕對不行啦

有安代前輩陪著一起挑，讓人放心多了

嗯——這個材質是

女裝賣場 負責人

072

不過這麼一來
就不必另外再買些
披巾之類的飾品

還能修飾手臂

雅致的
粉紅色

成熟中又透著可愛感
根本就是一件
十全十美的洋裝啊

A Line
設計可以
掩飾突出
的小腹

這件
真可愛～
我也覺得
很棒～

這件剛好
可以搭配
我已經有的
黑色高跟鞋
與包包

我也很想要
一件這種
顏色的
連身洋裝呢——

穿上這一件
整個人馬上
顯得貴氣——
卻不俗氣——
十分高雅

不會吧
難道安代小姐
也看上了這一件？

敬馬

我也是對它一見鍾情呢～

到底誰會勝出呢？

語帶刺探的對話

我一看到它就敬為天人喔～

雖然我也很想買但…

三萬八千日圓…參加婚宴還要包紅包，而且我包包也還沒買呢

好想要～好貴～嗚嗚～

低薪一族

只是就這麼拱手讓給安代小姐，總覺得不甘心

這件衣服好可愛！

如果我不買，安代小姐就會買走了吧…

於是

如果森下不買…那我就去試穿看看囉？

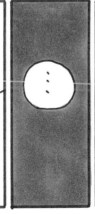

嗯—好啊…

呵呵呵

敬欠馬

不好意思耶～
如果我買了
這件一定
借妳穿

幹嘛跟我抱歉
這本來就不是
我的衣服啊……

而且這件洋裝
這麼貴，幹嘛借我

換成是我…

這麼貴的衣服
不會自己買——
而且我這麼喜歡，
怎麼可能
借給別人——

一定會這麼想吧

第一次參加婚禮時
前輩二話不說
馬上就借了我
許多行頭

我真是個
心胸狹窄
的女人哪…

反省中

安代小姐
試穿出來時
一定要笑臉跟她說…

哇～
這件衣服
很適合妳耶～
真可愛

跟想像中的樣子完全不同……

火冒三丈

穿上去整個人看起來皮膚暗沉

臉和衣服完全不搭…

這…這種情況下該說些什麼才好咧

嗯，好哇～

既然都來了，去試穿看看吧

是…是嗎？呵呵呵

這種衣服還是比較適合森下這種皮膚白皙的女生穿啦

啊——沒錯

重作好快～

咦？

...

怎麼了？

拉開

...

袖口的地方太緊了...

手肘彎曲時袖子會往後縮

而且穿上去後整個人看起來好胖

阿...

沮喪

前輩與晚輩的友情好像又更加深（？）了一些

...

我說那件洋裝的定價也太貴了吧～

對呀對呀，那些錢不如拿來買兩件款式簡單點的衣服

一搭一唱

歡迎再度光臨～

...

辻先生的女朋友

身材又好的美女。

常盤貴子的美女，

較大是個長得很像

交往，對方年紀比

學生時代就已經

什麼他們從

當然還說

什麼

嘛～

辻先生

好像已經

有女朋友了

咦～咦～

態呢

下已經半同居狀

雙方家長的默許

的大家閨秀，

一手好菜

又煮得

很顧家

可是

園山小姐

說有耶…

說的呀…

時他是這樣

之前聚餐

沒有女友吧

小辻應該還

咦～我想

完美女人一個…

這麼一個

竟然編出

為其他人死心，

為了讓

原來是

騙人的

唷～

呵呵呵…

友吧～

他已經有女

才會故意說

打退堂鼓，

對小辻有

意思的女人

讓其他

小辻，為了

因為她暗戀

園山喔～

我

被

騙

了

敬訝

女人們的戰爭

第 8 話

情人節快到啦

店裡的宣傳海報
總是能令人明顯感受到
季節的交替

一轉眼已經是
2月了

忙碌的年終時節
終於結束——

白馬王子
萬人迷

說到辻先生
腦海中便浮起了

辻先生

說到情人節
腦海中便浮起了

情人節——
是將巧克力
送給心愛的人的日子

森下小姐，
妳會送辻先生
巧克力嗎～～？

妳會怎麼做呢？

…

考驗
側敲手

082

個性灰暗

呵呵呵

但今年
對惠美子來說

好朋友…
只是好朋友巧克力吧

卻是個眼看喜歡的人收到
其他女人送上巧克力的討厭日子

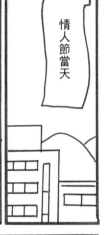

情人節當天

早晨

您早

早安

辻先生的桌上
已經有巧克力了…

咦～

百貨公司裡的員工
以女人居多——

男員工

謝謝

哈哈哈

呵～
好多啊

即便是沒什麼女人緣的人
也會收到不少
好朋友巧克力——

像我這種長相可愛討喜的女生，反而因此引起不必要的注目——

重點在哪裡？

為了避免惹得一身腥，乾脆就不再送了——

不過就是好朋友巧克力而已嘛——

謝謝妳的巧克力，我也分到一些呢

笑

女友

咦？

當我還是新人時，曾經送出了不少好朋友巧克力

傍晚

辛苦了——

打工的學生族們零零星星地跑來分送巧克力

我們公司的男員工，不是和店裡的女生交往搞外婚，就是搞外情，腳踏兩條船也有——

一不小心踩到地雷，那就吃不完兜著走囉——

這些女生都送了些什麼巧克力吧……

大概是在檢查——

查看是否手工做的巧克力——

盯——

有個女生默默地注視著這座小山——

（超級斜眼）盯～

辻先生的桌上

巧克力堆積如山

へ～
辻先生
今天休假嗎？

沒錯，
辻先生
今天休假

和女友去約會？

難道是和女友去約會？

但他今天請休假

雖然沒必要
站在這裡
看其他女人
送巧克力
給我的暗戀對象

嗚嗚

喃喃
自語

田中
小姐
↓

查一下
今天有哪些女生
排休假

排班表

衝——

難道對方
是我們同公司
的人……？

荀匆

總覺得
那些巧克力
看起來好有
氣勢呀——

要放在那座
小山裡嗎

巧克力山

以及
我也來買個
巧克力吧——

真不知道
這美得冒泡的想法
是打哪兒
冒出來的…

好害羞——

討厭啦——

說不定
反而因此對我
印象深刻？

黑黑黑黑
這樣嗎？我…

等等，
如果反其道而行
不送的話——

咦，
森下
沒有送
巧克力

回禮
統計表

反正又
不能親手
交給他

無所謂啦，
請收下吧

女…
森下小姐
也有送我
巧克力嗎？

哇～
哇～

這
是
禮
嗎～

這是我
送的回禮

辻先生不愧是受人
喜愛的萬人迷……

白色情人節

總之，
惠美子的情況
依然沒什麼大改變

不論給或不給

惠美子生日
當天的小插曲

唉唷～
怎麼把禮物
放在這種地方!?

緊張

興奮

惠美子
的座位

難道是
送我的?
送我的?
送我的嗎!
給我的
哇—
敬馬喜嗎?

緊張

緊張

原來是自己
忘了把佈置
耶誕樹的飾品
收好

空箱

088

人間
盡是
………………

8

女性職場

想走卻走不了…

像是背地裡講人家壞話或互相忌妒之類的

女人多麻煩也跟著多，應該很可怕吧

唉唷——光想像就覺得恐怖喔～

女性居多的職場

大多給人一種常講人家閒話、整天都在聊八卦的印象

交頭接耳

竊竊私語

一聊到女性居多的職場的話題

嘿嘿，講一些真實案例來聽聽吧？

倒來聽聽吧？弄眼

怎麼感覺好像在講鬼故事…？

哦，妳在百貨公司上班呀——

我問妳哦，
那兩個人
是真的
在交往嗎？

稍微
胖胖傻
胖

啊——

我不太
清楚耶～

妳覺得那個人
的態度怎樣？
很想修理
一下他對不對～

是或不是
絕不正面回答

へ——

さ——

嗯

但還是得
繼續磨練
技巧

為什麼
妳們
就能看出
公司裡
哪些人
正在
談戀愛
或者
有外遇？

老是踩到
人際關係
地雷的女人

嗯——
一看就知道
了呀～

對呀對呀，
應該是說
會有一種…
氣氛吧？

啊，
不好意思，我，
主管在找
我～

假裝遠處
有人正在
招呼自己

迅速落跑

馬上來
馬上來～

我也是——
曾經談過
辦公室戀情，
因此同樣的
狀況一眼
就能看穿了

一方面也是
因為自己
曾經有過
這種經驗
啦～外遇
之類的 ♡

苗頭不對
立即閃人

くヘ～

身

看來提升技巧之路
真是……遙遠哪

怎麼
都是
憑經驗

啊…

傷腦筋

早晨的風景

不過
惠美子
很會做菜
唷——

哦——
她煮的馬鈴薯燉肉很好吃

啦也沒有多厲害

小惠很會帶話題嘛？

聯誼老手

結果我的前世竟然是歐洲的公主耶——

前陣子我和一群人去算命

ヘ！？現場沒人有興趣!?

哈哈哈

哈哈哈

哈哈哈

噗

而惠美子的前世竟然是烏龜——

難得有人說我的好話…

很明顯完全沒男人緣的女子…

無藥可救了吧…

哈哈哈

咦？什麼意思？

那個算命師應該是看外表來算的吧～

老是被當笑柄、沒男人緣的女子…

女人心

白色情人節的回禮，已婚者大多是由太太代為選購

福岡先生的太太真有品味呀——

那是大塚先生送的回禮啦

大塚先生

是他喔

影松⊃氣

森下，這個我不要，送給妳吧

什麼？妳不要？

裡面是他太太親手做的餅乾

太太親手做的餅乾…

奇怪？包裝好像是一樣的

隨手扔在這裡

應該有人很不想拿到這個回禮吧…

例如

聽說正在和他談婚外情的長原小姐…

這…這是誰拿來的呀

難道是怪叔叔…

開玩笑的啦

被丟置一旁的餅乾數量，該不會正是這家店裡不倫之戀的數量吧…？

白色情人節一

辦公室裡的萬人迷

辻先生

我拿到辻先生的回禮了～

唷—

那些可是我去挑選的

驕傲

是辻先生拜託我的啦—

嘿嘿嘿

呵呵呵，妳看妳看，好可愛的手帕

如果惠美子當時也有送禮就好囉～

雖然我沒送巧克力，但也有收到回禮—

唷—

哦，那東西是叫祥子去買的唷—

問了賣場裡的人，可是給了他本人這個好建議呢—

當初他很傷腦筋該送什麼當回禮

趾高氣昂

怨念

真不好意思呀～沒送禮卻拿手到禮

合手到禮多出來的東西

（不過就是人家沒送禮卻）

嘿嘿嘿

第9話

女人世界2年級生

3月——

時光飛逝

來這家百貨公司上班已經一年了呀

太不像話了——妳看看這班表，中野小姐休了兩次星期日耶，很超過哦？

卻疲累地好像已經在這裡上班了2~3年似的

閃亮亮的新人也來報到

今年的新人男女比例是2：2？

真羨慕哪～

尤其是我這一梯是三個女人，相處起來超麻煩，更讓我羨慕這批新人了～～

多出來的一個人

好哇

一去喝一杯吧～

被當成男人使用

惠美子

拜託妳～

那就那～

今年那些新人哪——

似乎一個個都被捧在手掌心上呵護呢！想當初我們當新人的時候啊～只是一旦卸下新人的光環之後……

這就是所謂的世代交替吧

我當新人時並沒有受過被捧在手掌心的待遇…

心理不平衡

要去吃午餐嗎？

好啊

要坐哪兒呢…

嘩

嘩

喔，有個新人只有自己一個人坐

一個人？我可以坐這裡嗎？

請坐

惠美子憧憬的前輩模樣

呆

怎麼辦？這時候呀我應該過去和她聊聊天嗎？

但有可能
她就想
一個人吃飯
比較輕鬆自在

唔——

說不定
反而嫌我
這個前輩
囉嗦呢…

不決

猶豫

可是
我對這些
新人們
還滿感
興趣的耶…

一點點呀

嘿嘿嘿

乾脆一
點一黑

我可以
坐這裡嗎
~?

喔，
請坐！

緊張

緊張

喔，
那是因為
大家今天
分頭去實習的
關係啦

怎麼沒和
其他新人們
一起吃飯呀？

是喔——
已經開始
實習了
呀——

嗯——

——

要聊些啥哩…

工作
還習慣吧？

好了

緊些的

無關

失些

要聊些啥哩…

當然還沒～
我超緊張的

是喔

不過今年
妳們滿好運的，
男女各有2人
應該會
很開心

是嗎？

我對
新人講話
也太直了吧

啊啊

同梯當中
有男生的話
比較熱鬧～
三個都女生
就沒啥搞頭了～

我去年
來的時候
全是女的

哇——
這樣喔

不過我比
她們大一歲啦——

啊，這我剛才
問過妳了——

呵呵呵

也許會
自己掉下
來吧…

工作
還習慣吧？

得裝出
厲害前輩
的模樣
才行

可是我
說不出
啊…

而且
在年紀
比我小的人
面前講這些

人家
一定覺得
我是個囉嗦的
歐巴桑吧

21歲

啊，臉上
有飯粒

嗎——

（妳是面試官喔？）

椎名為何會想來這家百貨公司上班？

怎麼覺得臉好癢，

這時究竟該聊些什麼好哩…

唔——

也沒有特別希望新人喜歡我這個前輩

不方便問些太私人的事

弄掉了

飯粒

喔——

嗯，因為我男友在這附近的美容院上班——

百貨公司因為是休平常日，正好可以配合他的時間，我覺得還不錯

沒想到這世上還有這種動機原因，真是一樣米養百種人哪

跟年輕人聊天時，偶爾會覺得自己和他們有代溝

森下小姐呢？

我是因為不習慣坐著工作…？

好像是吧 哈哈哈

這種理由聽起來太敷衍了吧

102

太好了，幸好不是那種恐怖型的新人

以前老是→被欺侮的傢伙

又是什麼工作？

很難耶嘖嘖

超不來的

有說 有笑

這孩子滿不錯的嘛——

我了解，像我啊，一坐上椅子也很容易打瞌睡呢～

要跑來跑去的工作比較適合我啦～

喵——

我跟妳說哦——剛才有個客人啊——

哦，是啊

嗯，妳先來吃午餐囉？

又來了另一位新人

沙沙

被忽視的前輩
↓

那客人——真的很機車耶，快被他煩死了

只斜眼看一下也沒打招呼

是…是恐怖型的新人

反而成了要新人照顧的前輩

森下小姐，妳時間沒關係吧？

不好意思

那我先走囉

我是個膽小鬼前輩

我吃飽了—

放那裡吧—

妳是說那個新來的吧

對呀，完全不跟人家打招呼

叫她也沒反應—

到處都在講關於新人的八卦

剛才那另外一個新人

態度很惡劣耶—

不爽中…

是在說那個女生吧

雖然沒講她壞話

但內心很爽快

超會耍大牌的—

對呀

對呀

已經完全融入女人世界的第二年春天—

超火大的

對呀對呀

比起恐怖型的前輩

恐怖型的後輩

更難相處

…

但其實兩者都難相處啦…

關於新人訓練的回憶

勁敵出現？

第
10
話

到百貨公司上班
已經一年了

在女性
居多的職場，
我也漸漸摸清楚
在其中的生存之道

但偶爾——

就是有人會
莫名其妙地
討厭我

或者
沒來由地
故意忽視我

這些情況
三不五時
就是會發生

當下我會告訴自己
對方是前輩
而我只是個新人
要多忍耐

大家
辛苦了

開門

工作上的失誤可以當場就改正

但是關於態度這種事就很難去提醒了

萬一沒弄好不但惹來一身腥，還會被說是在欺負新人呢

畢竟自己也不是態度非常好的那種人啦——

哈哈哈

所以我都是很恭敬地教導後輩

啊，必須先換好制服才能打卡唷

但我實在很難接受這樣的自己…

立場太弱了

要訓誡後輩還是得有一定的專業與自信才行呀

笑裡藏刀 俐落 有魄力

抖擻

被這種人訓誡時新人似乎多少會聽進耳裡

喔——也只是一時而已啦～

這些新人還在受訓中，萬一跑去跟人事部的丸山先生告狀

喔喔，丸山先生

她…好可怕喔

森下小姐

而且謠言一旦傳進其他男員工耳裡

被捧在手掌心的時期

變得越來越沒男人緣

工作做得如何？

對我好嚴格

女生前輩

被新人討厭倒無所謂

心裡不安

唔——

但我可不想被公司的男員工討厭啊

抱持這個心態的結果

溫柔的提點新人

不被放在眼裡

唉——

挫折

結果便是和大家一起在休息室裡交頭接耳…

可是就算我想說也說不出口啊——

他們那種毫不在意的態度

其實也滿令人羨慕的

當我還是新人時

不管做什麼都緊張兮兮

早安——

早…早安

早安———

啊，是跟我打招呼嗎？這裡還有其他人嗎？

西望 東張

我是在跟森下小姐打招呼啦

啊，您早

明明自己是個很在意人家是否有打招呼的那種人卻——

ㄟ，或許可以用這一招喔!?

這種說法既不像在說教也不會感覺卑微顯得自己這個前輩很有大將之風呢

有機會的話一定要試試這招～

惠美子夢想中的前輩模樣

於是

打招呼是最基本的職場禮儀！

點

112

開門

辛苦了——

一定還會出現
那種欠教導
卻不知該如何
教訓的人——

嘿、嘿、嘿……

……

打招呼是
最基本的
職場禮儀！

跟○○小姐說
～～
她叫什麼名字呀

好，我就在這裡
教教○○小姐吧

敬禮

等我回過神時，
對方沒打聲招呼
就這麼下班去了

哎呀，
人不見了

我只知道
另一個新人
叫椎名
嗯～～～

迅速匆忙～～～

第 11 話

櫻花樹下

今天是公休日——

也是迎新
兼烤肉大會的日子

蓬頭
垢面

睡眼惺忪

唔——
現在幾點
了？

10點
了

早安

沒關係啦，
反正有
前輩在

呼嚕～

借住
一宿

啊，
已經10點
了

我記得是10：30
在店裡集合

每天
都過得
很懶散的
惠美子

我回房間
去睡了

發呆——

正想辦法讓
睡覺時壓
壞的頭髮
恢復正常

進入公司一年，
已經習慣了
宿舍生活

已經太遲
到了耶～

沒關係，
我們直接
去會場
報到

啊哇
啊哇

懶懶散散的每一天——

表示過得是既委靡、也不曾有男人光臨的日子——

刷 刷

頂多就是有機會和男性開心交談的那一天，在日記本上畫個心形符號

這個月有6次…

7 一 ♥
8 二
9 三

二方面也能趁這機會和不同的人聊聊天

雖然我不愛參加公司舉辦的活動但一方面有前輩陪伴

至於公司的活動

烤肉兼迎新會

日期：○月○日 10:30

我們要坐哪裡呢？

大家好像都差不多就定位了耶——

袞 袞

熱 鬧

嘩

喔，終於來了，好慢喔

嘩嘩

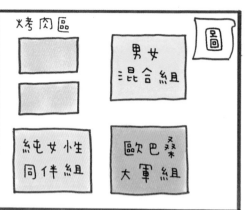

烤肉區

男女混合組

純女生同伴組

歐巴桑大軍組

圖

結果——

還是跟平常那群人聊著平時的話題

雖然很開心

但成員依舊是共度那誕節的原班人馬——

嘩

嘩

嘩

但這樣一來～也就只能和店裡的人交往囉——

對呀——

男女混合組

辻先生也在
↓

外表看起來似乎是那一組比較開心耶…

可是
我超不想
和店裡的人
談辦公室戀情

沒錯

公司的男生
的確都
很花心呢

很多都是
腳踏兩條船，
還有搞外遇的

在這兒上班，
都變得
無法相信
男人了

看來，
那一組和這一組
是水火不容？

…

起身

好像還剩下
一些炒麵，
我去拿
過來——

嚼
嚼

嚼
嚼

難道大家
對辦公室戀情
都有不怎麼
美好的
回憶…？

還不是
那個
店長
帶頭的

小惠和祥子
真是幹勁十足
哪——

炒麵

啊～
我現在多少也能體會
每次聚會時就把我晾在一旁
飛奔到喜歡的男生身旁去的
小惠與祥子的心情了

要不要和他們打招呼呢——

唔～嗯

丸山先生，這些餅乾請你吃～

似乎正忙著？

唔嗯——

啊，惠美子～

嗨——

啊！新進員工竟然坐在辻先生旁邊——！！

怎麼

我說新人哪～可以幫忙敷理一下啤酒空罐嗎～？

現身

不好意思，就交給妳囉

明知對方來者不善卻也推辭不了

ㄜ——

這時候就特別慶幸有這種愛欺負人的前輩撐腰了

幸災樂禍的表情

嘿嘿嘿

接下來準備接收這空位的就是——

等等

那不是椎名嗎？
怎麼一個人...

嗶

嗶

嗶

也是啦，
新人若和
大家都不熟，
獨自發呆...

喂喂，
要不要
喝點？
還是
吃一些？

現身

是不可能的啦

長相討喜的人
就有這好處呀

呵

一般來說，
落單時也正是
別人前來搭訕的
大好機會呢

各位呀，
與我搭訕的
大好機會
來囉──

有沒有人
想來找我呀？

垂頭喪氣

那邊的狀況
如何？

那邊
...？

喔

嗯──
大家好像
都喝醉了

還是待在這裡安心哪⋯

喝醉酒的人最討厭了

喔——喝得好醉的人個個渾身酒氣沖天，超惡心——

是啊——之前員工旅遊時大家都喝得好醉的人個個渾身酒氣沖天，超惡心

主管之類的人個個渾身酒氣沖天，對呀對呀

註：炒麵

我看還是在公司以外的地方找我的豔遇吧

給我吃一口～

真慘哪

呵呵呵

大家介紹至於也無法斡

沒人有豔遇以

只是一直都不來呀～

哈哈哈

毫無動靜

豔遇

我去把買來的東西烤一烤吧

⋯⋯

光是安心還是不行啊⋯？

這種時候

是藉機攀談彼此親近的大好機會唷……

看起來很好吃耶。

需要對帳忙嗎？

咻

咻

來吧，與我攀談就趁現在唷!!

咻

咻

正巧～順便幫我把這盤也加熱一下吧？

乾脆把剩下的食材全部烤一烤吧

3分鐘後…

哦，妳在烤些什麼呀？

我有帶麻糬來唷～雖然是過年時吃剩的～

烤吧

烤吧

嘩

也說得

也是

嘩

嘩

嘩

後記

非常感謝各位讀者購買了《女人啊，就是這麼回事：菜鳥上班族的第2堂課》這本書。

創作此書的同時也喚起了我往日的回憶。閱讀日記的時候，過去的種種記憶湧現腦海，情緒再度陷入往日的黑暗漩渦裡以致無法好好寫作，真是辛苦哪。

不過，身處在女性居多的職場裡，也是有不少開心的事情發生啦（言不由衷哦）。

我這個人一路輾轉換了不少家公司，職位雖不見有所提升，但也多虧曾經在各種職場裡打滾、磨練，對於人際關係的處理，我倒是長進了不少。

從中我也得出了一個結論就是：「人際關係是強求不來的」。

真不知道該說我樂觀還還是悲觀呀。

我過去曾經服務的幾家公司，其中有兩家因為經營不善，倒了。

看來，我的履歷表似乎也會帶來不幸耶。

真希望景氣能夠快點好轉。

最後我要真心地向這次同樣帶給他不少麻煩的金尾編輯說聲：太感謝您啦！

還有把我的書設計得如此可愛的五味美編，謝謝妳。

業務部以及書店的工作人員們，承蒙大家照顧了。

在此我要向所有協助本書完成的朋友們致上十二萬分的謝意。

那麼，我們有緣再見了。

2009年3月　森下惠美子

TITAN 091

女人啊，就是這麼回事：菜鳥上班族的第2堂課

森下惠美子◎圖文　　陳怡君◎翻譯　　陳欣慧◎手寫字

出版者：大田出版有限公司
台北市10445中山北路二段26巷2號2樓
E-mail：titan3@ms22.hinet.net
http：//www.titan3.com.tw
編輯部專線（02）25621383
傳真（02）25818761
【如果您對本書或本出版公司有任何意見，歡迎來電】
行政院新聞局版台業字第397號
法律顧問：甘龍強律師

總編輯：莊培園
主編：蔡鳳儀　副主編：蔡曉玲
企劃主任：李嘉琪
校對：陳怡君／蘇淑惠
承製：知己(股)有限公司 電話：(04)23581803
初版：二〇一三年（民102年）四月三十日　定價：220元

總經銷：知己圖書股份有限公司
（台北公司）台北市106辛亥路一段30號9樓
電話：（02）23672044・23672047・傳真：（02）23635741
郵政劃撥：15060393
（台中公司）台中市407工業30路1號
電話：（04）23595819・傳真：（04）23595493

國際書碼：978-986-179-285-9　CIP：861.67/102003372

女どうしだもの そろそろ2年め© 2009 by Emiko Morishita
First published in Japan in 2009 by MEDIA FACTORY, INC.
Complex Chinese translation rights reserved by Titan publishing company, Ltd.
Under the license from MEDIA FACTORY, INC., TOKYO

www.facebook.com/titan.ipen

歡迎加入ipen i畫畫FB粉絲專頁，給你高木直子、恩佐、wawa、鈴木智子、澎湃野吉、
森下惠美子、可樂王、Fion……等圖文作家最新作品消息！圖文世界無止境！

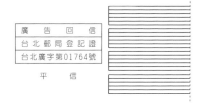

To: **大田出版有限公司**　（編輯部）**收**

地址：台北市10445中山區中山北路二段26巷2號2樓
電話：（02）25621383　傳真：（02）25818761
E-mail：titan3@ms22.hinet.net

※請沿虛線剪下，對摺裝訂寄回，謝謝！

From：地址：_____

　　　姓名：_____

大田精美小禮物等著你！

只要在回函卡背面留下正確的姓名、E-mail和聯絡地址，
並寄回大田出版社，
你有機會得到大田精美的小禮物！
得獎名單每雙月10日，
將公布於大田出版「編輯病」部落格，
請密切注意！

大田編輯病部落格：http：//titan3pixnet.net/blog/

智　慧　與　美　麗　的　許　諾　之　地